落羽松下的沉思

胡爾泰 著

A ceux
qui aiment la poésie

【自序】詩是心靈的悸動，意念的飛翔

　　新詩（自由詩，Vers libre）來自歐美，傳至中土，也有百年了。詩家輩出，詩林蓊鬱，其間蒼松翠竹固然有之，濫竽充數者亦不在少數。讀者只能隨其品好，各取所需。詩之所以言「新」，在於它有別於古典詩之講究格律（平仄、韻腳、音步等等），而能自由發揮，如行雲流水，如天馬行空。不過，新詩雖然從格律中解放出來，但還是要保留其內在的音樂性。沒有音樂性的新詩，如同沒有水聲的河流，無法讓人低迴吟詠，也無法留下深刻的印象。

　　有神話的詩學，也有夢想的詩學；有時間的詩學，也有空間的詩學；有明朗的詩學，也有隱喻的詩學等等。這些詩學主題不一，特質有異，手法也不盡相同，但是都指向同一個地方：人類心靈的最深處。上乘的詩不僅引起共鳴，還會讓人的靈魂顫抖呢！

　　寫詩的手法很多，譬喻（包含明喻、隱喻、轉喻、借喻種種）、象徵、反諷、頂真、對比、誇飾、雙關語、詞性的轉換、意象與結構的營造，矛盾的統一等等，這些手法著名詩家都能運用自如。但是，不管運用哪些，詩作最終要超乎一切手法，去斧鑿之痕，達到一個具有整體美和弦外之音的「自然高妙」（姜白石語）的境界。從另一個角度言之，所有的表現手法，都是要讓意念能夠自由的飛翔，而這正是我一直嚮往和追求的。俄國作家邦達列夫（Yuri Bondalev, 1924-）說：「文學，首先是詩，似乎能暫時停止快速連續活動的現象，去觀察它的細節。……使正離

去的或已離去的恢復原樣，以感性和理性的回憶與想像結合在一起，去再一次地尋找那些離去的一切，這樣就產生了對我們的現實和蓬勃的日常生活的藝術認識。」（邦達列夫隨想集，劉同英中譯本，頁89-90）邦達列夫這一段對於「詩」的詮釋，似乎強調詩人的任務在於留住一些現象，並且透過回憶與想像的結合，把「現實」藝術化。他的說法與我一貫的主張「詩在捕捉稍縱即逝的印象或意象」，十分接近。邦達列夫所說的「觀察它的細節」，也與法國詩人波特萊爾（Charles Baudelaire）所揭櫫的理念：詩人必須是一個良好的「觀察者」（Voyant），若合符節。

詩派分歧，詩之著重點亦不一。中國古代詩家有的主性靈，有的主格調，有的主神韻，各領風騷。西方詩派亦有古典主義、浪漫主義、象徵主義、意象主義、表現主義、奧秘主義、超現實主義、未來主義等等之分。三〇年代中國詩人重抒情、重感性，臺灣現代詩派重知性，這些都執詩之一端，無分軒輊。但是，寫詩無論如何入手，無論著重何處，寫出來的東西最終必須能感人，方能稱之為「詩」。只有知性沒有感性的詩，是哲學作品，不是詩。只有感性沒有知性的詩，容易流於無病呻吟。朱光潛在《詩論》一書當中說得好：「詩的理想是情趣與意象的忻合無間」。

寫詩寫了四十餘年，其間經歷了不少的嘗試、淬煉與反思，又幾乎讀遍古今中外的名詩，終對於詩之為詩有了若干體認，對於何者為「好」詩，亦能八九不離十地判斷（雖然嚴格說來，詩無所謂好壞，只有喜不喜歡而已）。寫起詩來，也比較能夠得心應手。第七本詩集《落羽松下的沉思》就是在這樣的背景之下誕生的。它總共收錄了我最近七年來（2013-2020）的83首詩，這些詩是從200多首作品中挑選出來的，都已經刊登於各詩刊，算

是比較成熟的作品。本集以十輯劃分的方式呈現，每一輯各自有其旨趣在。輯名雖有異，要之在於觀察人世、反思人生、探索人性之隱微。

第一輯「咖啡人生」一共收錄了8首詩，探索現代人日常飲料的咖啡與人生的關係。第二輯「櫻花戀」也收錄了8首詩，記賞櫻之行，並反映我對櫻花的熱愛。第三輯「海角戀歌」同樣收錄了8首詩，隱約透露了我在天涯海角的一些綺思、一些情事以及我對情愛的探索。其中〈雪中的女孩〉一詩，師大謝隆廣教授已將它譜成曲子，於2019年10月底首次公演。第四輯「花情畫意」收錄了8首詩，包含賞花時的情致與花語，以及畫家朋友的種種意境。第五輯「狂想與沉思」收錄了10首詩，這些詩把想像力發揮到極致，呈現一種近乎超現實的風貌。狂想是飛翔，沉思是沉澱。第六輯「落日風華」收錄了6首詩，歌頌夕陽美景以及落日情懷，其中〈黃昏的垂釣者〉一詩承蒙編者厚愛，選入2016年《臺灣詩選》。第七輯「四時佳興」收錄的詩最多，總共12首詩，包含了四季遊冶所見所思所感，其中少不了巴赫金的「眾聲喧嘩」。第八輯「美麗與哀愁」收錄了10首詩，藉著一些故事表達矛盾而統一的情懷：既美麗又哀愁。第九輯「歷史的傷痕」收錄了8首詩，寄生與死的辯證、歷史的感傷於篇什之中。第十輯：「重返伊甸園」，收錄了5首詩，演繹失樂園與伊甸園的種種關係。全集始於「獨白」，終於「傳說」，是一種刻意的安排。

在詩的創作過程當中，我常常思索：應該用什麼樣的語彙來描繪意象？要用什麼新鮮的詞句來捕捉稍縱即逝的意念？該用何種形式開創新局？這些思索引導了我的筆勢，也使得我的詩在完成初稿之前，有一段很長的沉思準備期（雖然我也有一些即興詩）。即使在我完成作品之後，因為新的靈感而對原詩作修飾，

也變成必要的。至於什麼樣的人會讀或喜歡讀我的詩？他們讀了我的作品之後有何感覺？這些都不是我能預知或苛求的。當然，我也希望讀者能夠體會出我詩的一些奧妙與獨到之處。我更希望我的詩作，多少能給臺灣詩壇帶來新氣象。

胡爾泰　謹識

二〇二一年元月

目次

輯三　海角戀歌8首

輯四　花情畫意8首

輯五　狂想與沉思10首

輯六　落日風華6首

輯七　四時佳興12首

輯八　美麗與哀愁10首

輯九　歷史的傷痕8首

輯十　重返伊甸園5首

輯一

咖啡人生8首

咖啡杯的獨白

當熱吻不再
冬日的寂寞就把我種
成了北極的冰峰

等待淨化
等待昇華
等待另一次的火山爆發

2019年11月17日寫
原載《野薑花詩刊》第32期

永恆咖啡館的午後

天使化身成咖啡鳥
把屬靈的咖啡豆
播種於悠閒的午後
於是
所有的杯子都長了翅膀
所有飲者的靈魂
都飛上了天堂

2015年1月8日

原刊於《乾坤》詩刊第74期

花園的咖啡宴

教堂的鐘聲敲了三響

給秋天的誕生祝聖之後

時間的老人就擺設了桌椅

在溫馨美麗的花園裏

松枝和繡球花　把影子

投射到紫羅蘭的桌布上

咖啡杯是典雅的造型

上頭種著玫瑰和夏卡爾的夢想

咖啡是迷迭的香

摻雜著苦艾酒的滋味

甜點是巧克力派上刺槐李

風送來的肉桂粉　漣漪了杯裏的秋波

雲彩很輝煌

園裏的花也笑得很燦爛

在蝴蝶翩臨之前

阿波羅的馬卻偷偷地

飲光了池中的玉液

凌霄花和銀蓮花目睹了一切

關於這一項「罪行」
花園的主人渾然不覺
因為他正與遠方來的客人
從地北談到天南　從西方談到東方
在斜陽照射的
瀰漫著古典風味的沙龍裏

　　　　　　　　　2014年8月立秋寫於德國
　　　　　　　　　原載於《海星詩刊》第15期

咖啡館的商籟

窗外下著
夏日的最後一場雨
店內飄著
午後的第一陣香霧

來自南方島嶼的曼巴
在北方小店內尋找味蕾
黑豆子思念阿非利加
等待黑皮膚的主人來歸

雨在短時間內
大概不會撤出網軍
寂寞的黑咖啡
只能依偎嘉瑪的女人

我就在雨軍與香霧的封鎖裏
接收了一些突圍而出的句子

2015年8月
原載《葡萄園詩刊》212期

阿拉比卡的午後

阿拉比卡飄出來的果香
鑽進了每一個毛細孔
引起一波波的騷動
又溜出光陰之網
飄到慵懶的季夏
阿勃勒的花海之下
甦醒了打盹的花貓
一溜煙地跑掉了
像瞬間消逝的青春

公園的輪椅裏
歲月癱瘓一如皺皺的老榕
激不起任何漣漪
瑪麗亞坐在旁邊的石凳上
打著智慧型手機
臉上閃著喜悅的光輝

河邊的長青聚會所
老人用棋子敲打剩餘的光陰
贏了一局　卻輸了全局……

不是每個慵懶的夏日
都飄著阿拉比卡的果香
不是每個人生的賭盤
都有完美的結局
我只是偶然經過時光的隧道
沾了一些香氣
染了一丁點的靈氣
在一個阿拉比卡催醒的
季夏的午後

2013年7月
原載《葡萄園詩刊》200期

美人與咖啡

咖啡沒有美人來調配
畢竟是苦澀的
美人沒有咖啡來作伴
終究是寂寞的

不妨望著美人
喝咖啡
如此一來
咖啡泛著美人的秋波
美人在心裏
唱著　咖啡芬芳的歌

2016年8月
原載《葡萄園詩刊》212期

在3158咖啡館啜飲

松風和露水調製的咖啡
泛著松露的香味
我擎起了馬克杯
與合歡的山神相對而飲
在一顆仁愛的心
觸及秀麗山林的地方

堅貞的松林木
標記了品味的高度
而雙唇的雪線
逐漸下修咖啡的溫度
偶然飄來的霧
氤氳了一杯子的山水

飲盡白山黑水
逐漸昇華的靈魂
也飄向黑豆的故鄉

原載於《華文現代詩》第22期

---

*　3158咖啡館在仁愛鄉與秀林鄉交會處，因海拔如此而得名

咖啡館的回憶

暮春三月的殘雪
還掛在流蘇的樹梢
咖啡館就迎入五級風
吹來的香暴
回憶的花朵隨著拉花而綻開

綻開於教皇的別宮
姑娘們妖嬈的身子不斷扭動
扭入藝術家的畫布
城上望斷天涯的遊子
也望斷了亞威儂的古橋

吹著海風的城市
鈴蘭的香氣從嘉年華的隊伍飄出
浸潤了記憶的書卷
從學園擷取文字果實的客子
遺落了佳人的微笑於公爵的城堡

迷人的花都啊
是文明的子宮帝國的心臟

吸入了菁英的夢想
輸出了革命和行吟者的憂傷
雙叟凝望遙遠的東方
鄉愁隨著咖啡香而氤氳起來
新橋未完成的戀情
跌入逝水年華的追憶……

走出幽室
走入斜陽
我的回憶閃著阿爾勒咖啡館的金黃

2019年4月26日寫於聞山咖啡館啜飲歸來
原載於《葡萄園詩刊》223期

落羽松下的沉思

輯二

櫻花戀 8 首

櫻花林春宴

寧芙給了它園地
太陽給了它光彩
鳴禽給了它樂隊
咖啡給了它香味
於是
春天的總舖師
一次撐開好幾十傘的櫻花席
山坡上爆開煙火的紅色
嘉年華　熱鬧的氣氛
把寂寞的雲
都吸引過來了

2015年2月14日
原刊於《乾坤》詩刊第75期

櫻花戀

當粉紅佳人伸出菜黃的手臂
山中傳奇就如火如荼地展開……

開滿山巔
開滿邊坡老樹的枝頭
編織綺麗的滑梯
給一個迷離的夢
一個春天的夢
從山巔從枝頭一路滑下來

來唱春天的歌
八重奏的歌
從日出唱到日落
紅了天空　紅了眼瞳
夜櫻翻唱著夜鶯的歌
乘著螢光的翅膀
在山陵與谷地之間迴盪

盪出了神社的晨鐘
重重的花瓣飄落

飄落於心坎上
飄落在絲綢和服上
山櫻緋紅色的夢
逐漸消溶於吉野的粉白
好奇的貓眼　望著多情的追櫻族

那一年的春天
多情者戀上了傳奇的山中
一位穿著櫻花服
名叫櫻子
隨著春風轉裙　然後飄然而去的女孩

那一年　應該是櫻花元年吧?!

2015年3月寫

原載於《笠詩刊》第302期

櫻花與風

櫻花不為人而開
人卻為賞櫻而來
只因為櫻花給青山染上了顏色
給春天錄製了節慶的喧嘩
可是　一陣狂飆之後
誰來憐取跌落紅塵的詩魂

原載於《乾坤詩刊》第70期

碧絡角的春天

荒涼的沙漠
開出單彩的玫瑰
碧天之涯　這個偏僻的角落
竟然也有迷人的春色！

（春　其實不必用錢買
只要心夠細眼夠尖腳力夠健）

踏著前人的履痕
看春神的手
點化半原始半開墾的森林
先給竹籬笆　給小木屋的窗櫺上色
再給冷杉加溫
然後從山腳一路往峰頂點紅
春心跟著山巒起伏　跌宕復攀升

那楚楚可憐的白梅
是去年冬天未融化的雪

---

* 　碧絡角在苗栗縣南庄鄉

35

執意堅守冰玉的貞潔
山茶還沒有盛滿紅色的春露
野牡丹卻在山坡與谷地之間
挑起藍色的情潮
風吹過　小徑上有點點落紅⋯⋯

星斗在遠方召喚
下山是必須的　歇足是必須的
春神仍留在山上
化成幾抹晚霞的彤雲

明朝
應有杏花的消息
在煙雨迷濛的海之角吧

原載於《海星詩刊》第12期

雨中的櫻花

走出山霧的朦朧
又走入煙雨的迷濛
緋紅的姑娘
顯得更加楚楚可憐

八部合聲的音符
是一陣陣美麗的旋風
吹過了山岡
吹過了草坡
吹落了紅顏

（紅色的花雨
　是伊人的淚）

我的愛人
在雨中哭泣

我的眼眶起了白霧
不忍離去

2018年2月7日寫於南庄碧絡角歸來
原載於《葡萄園詩刊》218期

八重櫻的天空

溫柔的櫻花枝
以紅色的春筆
點染湛藍的天空
書寫白雲的心事

　白雲的舒卷
　是毳絨的綿羊
　徜徉於
　翠綠的樹叢上

和煦的風吹過初春的
晚鐘　響起黃昏的協奏曲
聒噪的歸鳥
將入眠於前定的和諧

一如所有的聲音
所有的喧嘩

都凝結於
時間長河的嗚咽

2018年3月

原載於《葡萄園詩刊》218期

山居新話

富士山的櫻花
飄到了伊人的綺窗
在上頭徘徊
同時拓著
春天粉紅的唇印

又潛入我
靈魂的窗口
製造美麗的風暴
並且粉蒸了
我的春天　所有的夢想

小詩一首贈槑川，2018年3月5日
原載於《葡萄園詩刊》219期

最後的櫻花

光陰從寧靜的小溪滑過
未曾留下任何波痕
羊蹄甲踢出的春天
從一座山　躍到另一座山
山上原住民的天真
比春光還爛漫

太陽帝國的武士一波波地來
盤踞獵場的
櫻花　開了又謝　謝了又開
交錯的枝枒是武士的刀鋒
割裂蔚藍的天空
盛開的花是太陽的血
從插天山往溪谷流瀉

一聲驚雷
太陽從帝國的夢中跌落
武士帶著春天離去
櫻花瀑布停止奔流

甦醒的部落已聽不到北國之春
山間最後的櫻花
枝頭　還掛著天皇的名字
寂寞的武士魂
期待另一個太陽
從遙遠的東方升起

2013年3月寫於桃園宇內部落
原載於《秋水》160期

輯三

海角戀歌 8 首

雲中書

美人住在雲端
一個雲深不知處的地方
當她梳起秀髮
雲瀑就從天飛奔而下
越過山巒直到靈魂的窗臺
當雲朵冉冉飄過
美人的笑容就從回憶的池中展開

春蠶吐的絲
搭起的相思橋
連接了前山和後山
青鳥是殷勤的天使
傳遞雲端的消息
銀鈴的笑聲曾經跌落蓮花池

我的思念是池邊的草
滋長於春雨的霏霏
青色的浪漫
是一帖不凋的狂草
漫過光陰的原野

一直到
天之涯　雲之端

2020年4月12日書寫於耶穌復活節，8月18日改定

原載《葡萄園詩刊》228期

鳶尾花

寶藍羽毛的鳶鳥呀
挾著春天的尾巴
飛到了埤塘邊
給綠色的花梗叢
添了幾道彩虹

伊人戴著呢帽
來到小橋
看著綠池中的垂瓣
搖出扇形的光
彩虹的影子跌落
鳶尾花在水中綻放

鳶尾花呀
也在我思念的土壤綻放
在櫻花未謝

流蘇飛著粉白的
暮春三月

2019年4月15日
原載於《乾坤詩刊》第91期

白沙之戀

白沙　一望無際的
白色的沙
山石海岩的子女
帶著初生時的鹹苦

白沙鄉的白沙特別白
沙上女孩的肌膚更白
白於白色的沙
白日的夢

臥於沙上　行於沙上　舞於沙上
我掬起白沙　沙子從指縫間落下
我築好美麗的沙屋給女孩住
卻瞬間給風吹塌
我的淚　沒入了白沙

我從白沙鄉回來
未帶走一粒白沙
只帶回海水的苦味
和白日夢的碎片

白沙鄉的白沙是否仍白
沙上女孩的肌膚是否白皙如昔
我的夢
已然是一片虛無的白

2015年8月9日重寫
原載於《中華現代詩刊》第8期

雪中的女孩

哦！雪中的女孩
雪花沾滿了妳的衣裳
冰雹鑽入了妳的行囊
趕快回家吧
雪屋裏的松枝
已經點燃了爐香

哦！雪中的女孩
路旁的樹幹成了冰柱
樹枝長了白色的鬍鬚
趕快歸去吧
白雪覆蓋的屋頂
已然升起了微紅的炊煙

哦！雪中的女孩
天鵝的城堡已沉睡
馬車凍成了大冰櫃
趕快下山吧

馴鹿正拉著雪橇
滑向燈火輝煌的遠方

哦，不！
我是高山的雪絨
在無垠的白色世界
釋放早春的訊息
赭紅格子裙的花蕊
正唱著春天的歌

2014年12月

原載於《葡萄園詩刊》206期，謝隆廣教授已將它譜成曲子，
於2019年10月31日首次公演

冰島之戀

冰雪的女兒
海洋的珍珠
妳的美
白皙　純真而荒蕪

山海交會的礫原
河流與浪濤不斷交響著
原始而粗獷的音樂
新刈的牧草滾成秋天的圓滿
盪著五顏六色的音符
藍色的湖冒出白色的煙
冰火二重唱在空中和了聲

飛瀑從天而降
宛如載著白雪的野馬
從奧丁的國度
奔向黑色的沙灘
醉倒於黑死酒的浪花
又在月光之下復活

冰天覆蓋的雪鄉
有間歇泉噴出
融入山巔的白雲
雲朵是多情的守護者
遲遲不肯離去

守著白色寧靜的船隻
正等待遊子
把異邦之戀帶回
譜成一曲鄉愁

2018年9月13日寫於冰島歸來
原載於《乾坤詩刊》第89期

等妳，我在寒風細雨中

我等妳
在寒冷的風中
呼嘯的風
侵入每一個毛細孔
冬天的相思樹
正等待發芽

（春天在不遠的招牌上）

我等妳
在細雨中
我的貝雷帽
撐起了留聲的傘
收集由遠而近的馬蹄聲

（春天就在眼前）

妳的手掌
張開了心型的金葉

閃著陽光的祝福

（春天就在我們之間）

我還是等妳
等妳帶著我的手
在春天的扉頁上揮灑

2019年1月23日完稿

原載於《葡萄園詩刊》222期

海角戀歌

嚐盡千峰之浪
航遍萬水之洋
我的船
終於找到停泊的港灣
在這天之涯
海之角

波浪在巉岩下翻滾
霞光在海面上閃爍
妳乘著浪花而來
緊緊地擁住
一顆波動的心
法朵的歌聲是命運之舟
載著我的憂傷遠遊

此時此刻
光陰暫時凝住
只有涼風不斷吹拂
我們彼此注視著靈魂
什麼話都沒說

生怕海風洩露了
黃昏神秘的誓言

我的愛人哪
即使黑夜闔上我的雙眼
我的心
依然亮著燈塔的光
照著妳　未走完的旅途

2019年8月10日寫
原載於《葡萄園詩刊》224期

拉號的冬天

當翠綠把天空的
一半讓給蕭瑟
一半讓給紅色
楓香就真的啞盲了
不再搖出風箱的聲音

大理花退位
亞馬遜的百合登場
繡球花也把花園
讓渡給日本的鳶尾花
雖然北國的雪不一定飄落

冬天是紅果實的
山鹽青是五色鳥的
森林是飛鼠的
玫瑰為伊人綻放
光禿禿的枝條
正等待櫻花的點紅

---

* 「拉號」是泰雅族的部落居地，意思是「飛鼠跳躍的山上」

冬日的山是更親近人了
可那屬於我的
是百年的孤寂
還是瞬間璀璨的黃昏

伊人啊
何時吹起春天的號角

2019年12月13日書寫
原載於《乾坤詩刊》94期

輯四

花情畫意 8 首

風鈴木

金黃色的花海
牽引春天的潮水
敲擊沉睡的夢土
一顆不設防的心
於是　思念的浪花
就逐漸澎湃起來

樹下守候的少女
還穿著情人的黃裳嗎
風鈴串成的花環
還盪著青春的歌聲嗎
甜美的笑容還像花一般地綻放嗎
……

風鈴木啊　風鈴木
何時化裁為一葉扁舟
擺渡我

那不跟著年華而老去的相思
那不隨著髮茨而變白的鄉愁

2015年3月
原載於《中華現代詩刊》第5期

羊蹄甲的商籟

還來不及喊痛
來不及看見楓紅
園中的七株羊蹄甲
就被狠狠地砍伐

只因它們出售惱人的春風
佔領緋寒櫻的天空
罪惡從「正義」的港口登陸
青春在痛苦中殞落　失蹤

飛鳥找不到回家的路
南洋櫻敵不過血的太陽
七個小矮人能否保護公主
一直到另一個春天的復甦

我在園中徘徊
望著劫後餘生的青苔

2013年7月寫
原載於《乾坤詩刊》68期

醉芙蓉之戀

踏著高貴的步伐
妳從暮秋的伸展臺
一路走來
走向河濱的初冬

　　初冬的陽光
　　是芒花旗幟的飛揚
　　伸展臺兩邊
　　歡樂頌著五音步的旋律

妳的羅裙是天邊的霓
從粉白桃紅到深紅
妳不斷變換我　瞳孔的顏色
並在那兒播下依戀的種子
我的夢從此有了色彩

　　女子從夢中走來
　　臉上掛著錦葵的笑容

———————
* 　木芙蓉一名醉芙蓉。

68

姣好的身子
化成一葉蓮舟
擺渡我的相思
我的依戀
到一個美麗的國度

那兒
迷醉的妃子
正逐漸褪下酒漬的雲裳……

2016年11月8日定稿
原載《葡萄園詩刊》213期

在福山遇見臺灣萍蓬草

當禿枝還在冬日的天空
演繹閃電的時候
我們初次見了面
感覺上卻像久別重逢
萍水的相遇
是人生最美妙的插曲

我們都是島嶼的子民
妳在東北
我在西南
我們在同一條風景線上
妳在水上
我在風中

風把雲的影子給了水
妳把美麗的繡球拋向我
紅黃相間的渦紋

不斷地在眼窩裏流轉
轉成無限的圓滿

在雨霧中
在清泠的湖面上
妳燃起了冬天的火炬
指引鷗鷺的航跡
季節的歸宿

而飄蓬的我將離去
帶著一湖的煙雨
不知今夜的月色是否朦朧
妳是否沉甸甸地睡去
一如我心池的睡蓮

2018年1月28日初稿，12月8日定稿
原載於《華文現代詩》第20期

豔紅鹿子百合的秋天

築巢於峭壁的*雨燕*
天使的翅膀上
沁著鹿茸新瀝的血
輕靈的身子
飛向純淨的天空
把天空剪出幾朵彩雲

又把嚮美的心
裁成一首詩
在初秋　涼爽的扉頁

2017年8月寫
原載於《葡萄園詩刊》217期

海灘上的畫展

從雪山山脈走下來
銀冠還映著朝陽
那女子手中揮舞的仙杖
瞬間復甦了
蟄伏沙裏的招潮蟹

　　天生的畫家
　　不受學院的規範
　　海灘的畫展
　　也不需要經紀人

舊潮流退了
新潮流一波波湧上來
在沙灘上來回作畫
陽光給了顏色
飛翔的海鷗給了線條
輕狂的風之筆
恣意地揮灑
引發了一陣陣的風騷

而弄潮兒只是過客
時間才是永恆的觀眾

潑灑之後的野馬
終於向著黃昏的海洋
奔馳而去……

記楊淑伶2017年畫展，2018年6月改定
原載於《笠詩刊》第337期

流轉

慾望在血管裏奔馳
時間在空中
在樹上在水中流轉
物質和非物質
轉換於流動的光環之中

已被趕出伊甸園
影子仍留在樹上
糾纏扭動的人體
不斷地辯證著
愛與慾
頹廢與昇華

當灼熱的色彩冷卻下來
一切流轉都歸於凝定
所有的對立
所有的矛盾都統一

於超現實的存在
於山海經的光怪陸離

2018年9月27日寫於觀賞宛錦畫展之後
原載《葡萄園詩刊》230期

亞典的奇蹟

那水仙從湖中走出來
沾了一身的水氣
凝望四周山林的美景
不禁婆娑起舞
舞出了愛
舞出了閒情
舞出了圓滿

我是德島神社
出走的貓咪
尋找佛經
那失落的亞洲寶典
在藝術的樂土
我找到了棲身之處
我以咖啡的眼珠
瀏覽色彩與空白
我朗讀為了愛

當逐漸加深的暮色
即將淹沒這一切的奇蹟

我用淡彩
點亮水仙回鄉的路
以愛為油燈
我的心
也終於亮了起來

2019年11月15日寫於觀賞劉正宏於亞典的畫展之後
原載《葡萄園詩刊》229期

輯五

狂想與沉思10首

蘭嶼狂想曲

一、軍艦岩

一艘永不沉沒的軍艦
可是　艦上的官兵
溜到哪裡去了

二、牛頭岩

逃出了主人家　奔向自由
沒想到還是被潮水困在海角
牛衣只能對著夕陽哭泣

三、豬與羊

豬在街上閒逛
羊在草坡闖蕩
蘭嶼的豬羊啊　何時變色

四、青青草原

光有青草不能構成草原的美
還得有羊啃食著黃昏
情人依偎著夕陽吧

五、情人的眼淚

為甚麼鮫人的眼淚是珍珠
情人的眼淚
卻是如此地黝黑

六、主屋

大門永遠面對著海洋
是等待漁人歸來
還是思念遠方的故鄉

七、拼板舟

不是七拼八湊的木板船
堅實的龍骨承載著希望
紅黑白相間的眼睛辨認豐收的方向

2014年12月寫於蘭嶼歸來
刊於《華文現代詩》第四期

天空的眼睛

弄潮兒走了
留下情人的眼淚*
飛魚季也過了
留下藍色的回憶
掛在長長的桅杆上
只有多情的海水
來回不斷地問候　祈禱山下
東清灣旁邊　草原上的小木屋

公雞是否準時喚醒朝陽
貓咪是否常常呼叫著春天
小豬有沒有闖入旁邊的芋田
悠閒的山羊在哪裏晃蕩
拼板舟甚麼時候回到寶藍的懷抱
冬天的夕陽
何時停止在落地窗前閃耀

不管弄潮兒回不回來
不管情人洞是否仍然滴著鮫人的眼淚

---

* 「情人的眼淚」是蘭嶼傳統料理，由水木耳烹調而成。

也不管多少野百合才能迎回春天
星星關愛的眼神
總是眷顧著這一顆
藍色島嶼上的紅寶石

天空的眼睛啊
其實也是上帝的眼睛
在寒冷的冬夜
仍然閃爍溫暖的慈悲

2014年12月寫於蘭嶼歸來
原載《野薑花詩刊》第32期

登小樓的狂想

聽了一夜的雨
心之潮開始氾濫起來
陽光從小樓溜出去
在洸漾的溪流
跳起了濕婆之舞

那女子從雲端走下
婆娑午後的風華
從睡蓮的恬靜
到野鴿子黃昏的喧嘩
蟬聲快步走到詩箋
在上頭急速探戈起來

舞雲換衫的時分
應有佳人凝望
踱步的長影憔悴了河濱

想那下雨的春夜
杏花應是飄落紛紛

2018年7月13日寫於登小樓
原載於《乾坤詩刊》第90期

夢中的島嶼

喔，聖托里尼！
夢中的島嶼
白浪親吻妳的腳踝
藍天覆蓋妳的冠冕
海鷗吟唱的夏日之歌
有天堂的回音

喔，聖托里尼！
夢中的島嶼
愛琴海上的明珠
翻滾於藍色的絲絨
我的心　航入迷人的港灣
停泊在柔軟的沙灘上

喔，聖托里尼！
妳是宇宙的劫灰
還是漁人的眼淚　凝結而成
為甚麼　每次看到妳
都會觸動那一根絃
裸身少女牽著球跑的那一根絃

喔，聖托里尼！
夢中的島嶼
我的心
是海上初生的明月啊！
……

2014年5月
原載《葡萄園詩刊》203期

秋思在新天鵝堡

浮雲和松林簇擁的
白玉城堡　在陽光下
閃著乳色的光輝
天鵝從岩石中飛出
泳於阿爾卑斯的湖面上

宮裏傳出羅恩格林的歌聲
在迴廊裏徘徊
在山谷中迴盪
天鵝湖滑出了浪漫的波紋

　於是日夜笙歌的
　城堡的每一塊石頭
　每一幅壁畫
　都有了音符沉醉……

清脆的馬蹄聲
敲碎午後秋林的寧靜
卻敲不醒沉睡的國王

禁錮的靈魂
飛不到天堂的邊緣

　夢幻的頭顱
　掩沒於庸俗的塵土

等待秋葉凋零
等待雪花飄落
或許會有一隻新天鵝
載著王魂
往天際飛去

2016年10月寫於新天鵝堡歸來
原載於《葡萄園詩刊》215期

白色的奇蹟

雪的顏色
鴿子的顏色
維納斯的顏色
天使翅膀的顏色
老人衣服的顏色

白色是純粹
白色是絕對
白色是一切
生命的源頭
藝術的極致

白色是燈
白色是塔
白色是屋子
白色是永恆
白色是撲向永恆的飛蛾

如果做不了飛蛾
或許可以在白屋裏

複製完美
複製純粹
讓每一個驚嘆都成為永恆

白衣的老人
白色的繆斯
創造了白色的奇蹟
它的光暈
一直通到天堂的門扉

2015年5月為羅門「白宮」而寫
原載於《海星詩刊》第18期

霞喀羅溪畔的沉思

雨
是暫時停歇了
宣紙和發黃的稿紙
不再持續發霉

那長髮飄逸
身著蘋果綠格子裙的女孩
走出畫室的陰霾
走向秋日　微熱的黃昏
風吹過相思的林子
霞喀羅溪漾著魚鱗的光輝
小孩的臉上　還留著早上的淚痕

跟著斜陽走下石階
穿過光陰之橋
走到上帝的殿堂
神父正低著頭晚禱
一切的生靈都將獲得安寧

---

* 霞喀羅溪流經五峰鄉清泉部落，三毛曾卜居於此三年。

（風隨著暮色加深而轉涼
今晚　遠方的沙漠會起風暴吧）

雨季還會來
橄欖樹的花還會開
駱駝也不再哭泣
可是
騎在紙背上的靈魂啊
妳
流浪到何方

2013年10月寫於桃山歸來
原載《海星詩刊》第11期

落羽松下的沉思

稻穗低了頭
我知道穀子已經成熟
落羽松的羽毛飄落
我知道秋天已經過
冬天的莊嚴正收割它的成果

是否應該彎下腰
才能顯示我的充實
是否應該把別人拉拔
才能反映我的高大
松針無聲無息的飄落
一句話都沒說

或許應該問松下的童子
採藥的師父哪兒去了
或許應該問松尾的芭蕉
怎麼書寫　風
吹過松林的俳句
怎麼描繪　雨
落在松毯的聲音

落羽松下　我徘徊
踩著柔軟的松針
想浮雲　舒卷多少回
遊子才返鄉
想落日要逡巡多久
才能把松林染紅

千縷的思緒拉長了樹影
延伸到夜的邊界
夢的國度
我隱約聽到
枯澀的枝幹迸出的
翠綠的葉音

2016年12月15日寫定
原載《野薑花詩集》第23期

挪威森林

它從雪山走下來
冷了山谷
冷了青湖
影子落在湖面
湖畔有冷杉的空靈

她從雲端飄下來
飄到城市的邊緣
葉枕是天神的肚臍
神聖的雲杉林子
是城市的名字

他從一個島嶼漂來
走進了文學森林
幻滅的愛情
是秋天的落葉
心靈的再生是春天的新芽
在浩瀚的林海發出虛幻的綠光

我從另一個島嶼飛來
飛到北極的下頷
森林的邊緣
摩挲的手
給生命的林子
拓下千萬個深刻的印痕

2018年9月29日寫於挪威歸來
原載於《華文現代詩》第19期

古城隨想

拿火銃的人走了
換來了另外一批人
帶著銀彈匍匐前進
向黑武士朝拜
登一個木階
就是一個叩首
直到最高樓

從武士的槍眼望出去
是一道護城河
河外有蒼松和古柏
像英挺的衛兵
落葉喬木的枝椏
是拿著矛戟的千手
對抗旋風的入侵

（我見證了一場戰爭
　一場文明的戰爭
　正逐漸崩壞天守的軀體
　以風塵的速度）

而黑武士一直沉默不語
他的影子逐漸隱沒
於旅人的目瞳
於光陰盒子
黑色的記憶體內

　　　　　　　2020年1月24日除夕夜寫於松本古城
　　　　　原載《乾坤詩刊》第95期，選入《乾坤詩選》

落羽松下的沉思

輯六

落日風華 6首

山水緣的落日

掛在樟樹枝頭的
燈籠　不小心
給時光的飛鳥
撞個正著
撞出了
滿 天 瑰 麗 的 雲 彩

2014年2月寫於清境的山水緣民宿
原載於《乾坤詩刊》第71期

草原落日

匆匆飛過重重的山巒
滑過無界的天空
只為了
追逐流浪的雲
趕赴草原的盛會

草原上圍起了柵欄
狂飆的騎士騎著無鞍馬
奔向燃燒的蒼穹
脫韁的野馬飲喝著
永不枯竭的生命之泉……

變色的草原
是歲月給騎士的馳騁
醉落的夕陽
是天馬對牧民的依戀

草原披上了黑氅大衣
升起了篝火

馬頭琴的嗚咽
隨著炊煙
從氈幕裏 縷 縷 傳 出⋯⋯

2014年10月初稿，2015年5月定稿
原刊於《乾坤》詩刊第76期

黃昏的垂釣者

悠閒的釣客
以斜陽為釣竿
光陰為釣餌
在溪邊坐定
等待秋肥的魚兒上鉤

沒有魚兒上鉤
溪邊的垂釣者
意外地　釣起了
一溪的秋色

2014年8月26日寫於新店溪畔

原載《乾坤詩刊》第73期，選入2016年《臺灣詩選》

麥田的黃昏

新刈的草坡
有白鷺來過
夕陽收割的麥田
有群鴉飛來
啄食剩餘的黃昏

農夫走了
手推車閒了
晚禱的鐘聲
滑過黃昏的麥田
一如畫家的筆觸

麥稈堆升起的篝火
點亮了咖啡屋
起波的啤酒
氾濫了帆布的金黃

今夜
繁星閃爍的天空

應有飲盡金黃的醉眼
旋轉那迷離的凝視

　　　　　2018年6月24日觀梵谷畫作有感而書

象草的黃昏

灼熱的夕陽
燃燒著天空
裸身投入
一隻金斑蝶
貼著草叢飛

夜
開始波動起來

2016年11月26日書寫
原載《野薑花詩集季刊》第25期

落日六行

太陽沒有下山
只是塗黑了樹影
點紅了天空
照亮飛鳥回家的路

看見這一幕
月亮把臉都笑圓了

2019年8月13日夜書
原載《野薑花詩集季刊》第32期

輯七

四時佳興12首

三昧線春思

春三月
櫻紅點點　飄落
在貞女的初夜

熾熱的原野
戰鼓頻催
良人啊　視死如歸

神社的鐘聲
敲紅了楓葉
敲不醒將軍的盔甲決裂

琴已斷
絃已絕
秋葉原的梅花啊白似雪

春花謝了又開
窗臺上滿滿是塵埃
三味線的幽咽啊　杜鵑的啼血

2015年5月初稿，9月定稿
原載於《乾坤詩刊》第77期

捷運月臺上見木棉著花

我們偶然相會於空中
就像久別之後的重逢
一個美的獵人
　　　和一個季節的侍從
宣告春天的車駕
即將移駐到北方

一身綴滿了橘紅
預示情人衣裳的顏色
英雄追尋的聖杯
只承受仙人的露水
神聖的完美　在眼前
又在遙遠的地方

光陰的列車進了站
又離了站
月臺上驚鴻的一瞥
就像偶然邂逅的美人
轉瞬間
遁入了永恆的記憶

離別
是為了給下次重逢
製造機會吧

2016年4月7日
原載《葡萄園詩刊》211期

溫泉鄉的春天

櫻花已凋謝
春天卻不曾遠離
彈唱那卡西的人走了
山谷依舊冒出青春之泉
抽水煙的漢子已化作青煙
斜倚的水煙袋
仍然等著主人歸來

當鐵觀音在火爐上
敲響春宴的鑼聲
魚蝦和貝族就乘著黑潮的浪花
游到青瓷的領域
再通過咽喉峽
進入腹腔的一片汪洋
怡然居的調色盤
有色彩繽紛

翻過女兒牆的天竺葵
是北地擋不住的春天
那搭著季節之舟而來的繆思

正不斷地把跌落池中的水珠
和花絮
綴成芬芳閃爍的詩句
隨著溫泉的礦煙
冉冉　冉冉向扉頁飄去

2018年4月寫於北投
原載於《笠詩刊》第328期

藝術村喝立夏酒

妳來
我請妳喝啤
妳不來
我等妳到日頭西
我這麼說過

妳終於來了
跟著夏天一起來
向晚的天空
有彩霞流動著光輝

白衣女子來回穿梭
是一道光
推銷夏日的美學
酒杯冒出了白色泡沫
妳飲了一小口
晚霞就飛到妳的臉上
我飲了一瓶
彷彿要飲盡
一整個夏天的黃昏

黃昏的燈火
正悄悄地在橋上打卡
我也在晚霞上打卡
以深情的目光

一直到
黑夜的巨口
吞下杯底的黃昏

2018年5月5日寫於立夏日
原載《野薑花詩集》第27期

花園仲夏的婚禮

披著春天鏤空的婚紗
穿過睡蓮池
走過彩虹的橋
來到綴滿朱槿玫瑰的
夏天的禮門
交換摯愛的眼神　忠貞的誓言
雙龍吐出紅色的珍珠
嵌入阿勃勒黃金的項鍊
綰住我們純潔的愛情

天使花點藍澄淨的天空
紫嬌花把我們的心
結成一個同心圓
燎熾了每一個花瓣
蝴蝶是彩妝師
蜜蜂是狂野的樂手
打擊出　夏日瘋狂的樂章
在花神的福證之下
我們是一對連理的鳳凰

飛入仲夏夜的夢裏
一隻發情的蜜蜂
刺入柔美的花瓣
而妳　妳是那慾望之池的睡蓮
開合　一如月華的水簾

明年的春天
將會有另一種聲音
見證我們的堅貞
訴說一則古老的愛情故事

2016年6月16日寫
原載《野薑花詩集》第19期

馬拉巴栗的夏天

海芋吐出白色的火焰
自紅磚牆角的花園
乘著管風琴的音浪
把整個夏天都燒了起來

風在燃燒
季節在燃燒
阿伯勒在燃燒
花蕊落在天使的身上
化成一襲金黃色的縷衣

美術館是一座管風琴
琴內彩繪的男女
蛇一般的胴體
糾纏成一片片的簧舌
鼓盪出
今夏最熾熱最狂野的情慾⋯⋯

紅牆外的馬拉巴栗樹
早已把淡黃的愛情的絲花

修成青澀的正果
果樹下的天使
正等待夏日最後一抹斜陽
把它催熟

2014年7月寫於竹北美術館歸來

原載於《乾坤詩刊》72期

秋水詩屋的一天

秋天已遠颺
水聲依然澎湃
歸雁已返巢
吟哦的聲音就飛出
從口腔　從胸臆之間
從豎琴的二十五根弦
溫暖了　每一根樑柱
每一粒塵　每一吋肌膚

一杯咖啡
通常是一個人喝
情啊　愛啊
只是一顆心的問題
可乘著歌聲翅膀的詩啊
飛入眾人的耳膜
在腦海中蕩漾著

付出的愛終究無法輪迴
落葉也不能回歸樹上
可是　夢中啊

老是回到故鄉
夢土啊
老是響著昔日秋天的歌

豎琴的音符再度飛揚
寂寞倉皇逃出
窗外
山水不斷變幻
流年正在偷換

2017年11月26日寫於秋水詩會歸來

原刊於《乾坤》詩刊第86期

與山月不期而遇

走入山中
與樹梢升起的月
撞個正著

銀輝瀉了一臉
秋天的水
已流過芒花的霜雪

被驚醒的眠鳥
狂飛於
月光與鳴聲之間

偶來的山中客
遂翩然起舞
於相思林泛起的月波

2018年10月定稿
原載於《葡萄園詩刊》221期

楓涇古鎮的暮秋

涼風吹過垂柳
捲起了千條絲絲
如煙的往事
在流水與門廊之間迴盪

粽子飄著往昔的香
酒旗迎著今日的風
搖櫓人捨舟登岸
沽了幾升酒
嚐了芡實糕朱豆粽
又買了幾疋花布
在芙蓉鎮編織
江南水鄉的繁華

小鎮的春天已過
荷花也枯萎了
可是古橋依然健在
和影子構成了一個圓
午後的秋光游過水面
販賣著悠閒

從東到西
從泰平橋到彭家酒樓
我到處捕捉往日的風華
那藏在柳蔭深處
掛在畫舫綵帶
以及宮燈裏頭的光陰

2019年10月25日寫於楓涇古鎮歸來
原載於《葡萄園詩刊》225期

立冬後的第一場雨

突如其來的一場雨
唏哩嘩喇地落在
街道上　長出了多彩的蘑菇
緩慢地漂移
冬天的第一波浪潮

橋上的行人
來不及躲避
拔腿狂奔
傾瀉而下的水柱
從橋傘兩邊噴薄出去

天空其實是一把巨傘
傘外有雨
傘內下雨

雨　在鍵盤上沙沙作響
一直到　繆斯的巧手
敲下最後一個音節

完成立冬後的
第一首

詩

2014年11月寫於立冬後兩日
原刊於《乾坤》詩刊第75期

丹頂鶴之舞

帶著雪花　從天而降
丹頂鶴在白色的水晶宮殿
跳起宮廷的對舞

前進　迴旋　展翅　跳躍
低頸再昂首
清音呼叫雪地的春天
然後凌空飛去

於是
一山靜默
雪花不再飄落

2017年10月21日書寫
刊於《乾坤》詩刊第85期

我喜歡冬天的……

我喜歡冬天的晴冷
枯槁的樹枝
吐露寶藍天空的心事

我喜歡冬天的節慶
熊熊的灶火
把相思和鄉愁冶為一爐

我喜歡冬天的清醒
靈泉取代了
細菌　在血管裏奔流

我不喜歡冬天的風寒
花枝的顫抖
抖不出一丁點的春天

我不喜歡冬天的陰暗
金碧來不及
揮灑　就掉入潑墨的深淵

我不喜歡冬天的嚴肅
厚重的筆觸
抹煞了所有浪漫的曲線

冬天還是來了
移動的盔甲
發出轔轔的聲音

2018年1月13日寫於臺北
原載《野薑花詩集》第25期

輯八

美麗與哀愁 10 首

千島湖的憂鬱

很多個偶然
才造就出一個必然
千般的美麗
卻透出幾許的憂鬱

她　就橫陳在那兒
已經忘了自己的身世
山　給了她顏色
水　給了她衣服
天　給了她風華
雲　在清澈的眸子漂浮

輕舟滑過
心靈的一陣悸動
百褶裙的漣漪
擴散成拍岸的驚奇
美麗的村姑
坐困於山神擁抱的溫柔

島戀著湖
還是湖戀著島
我用眼角舀起的一瓢水
蒸發於　滾燙的紅塵
只剩一塊翡翠的玉
在夢裏發光

美麗的女子
無法擺脫宿命
多情的我
也無法相忘於千島的湖

2013年11月寫於石碇歸來
原載於《葡萄園詩刊》201期

溫泉鄉之月

陀螺旋轉的風輪
偶然駐足於小城的黃昏
古典的馬車
滑過向晚的街道
滑出了帝國昔日的風華

沿著貓梯
爬到天空的一輪明月
撒下柔美的光輝
連同水蒸氣
洗滌了旅人　一日的征塵

沒有吉他的溫泉鄉
依稀聽到
雲車滑過蒼穹的轔轔聲

今夜
多情的月將看著
古老的溫泉鄉
如何轉成旅人的夢土

而
地底不斷冒出的熱氣
也逐漸朦朧了一城的月色

2014年8月寫於捷克Karlovy Vary歸來
原載《乾坤詩刊》第73期

無臂少女

不是米羅的維納斯
而是折翼的天使
偶然的一次閃電
便謫降人間
從此展開塵世的流浪

流浪是無止境的
空蕩蕩的手臂
無法撥開身上的寒霧
靈巧的雙腳
卻繡出了一片春天

是的　春天的梭子就在腳下
春天的花朵就在臉上
綻開了天堂的風采
劈線運針的十字繡宛如十字架
把人間的不幸　支解了
昇華了

無臂亦無憂的少女
妳的燦爛笑容消解了世間的凍原
妳的穿針引線引來了天上的福音
可是
為甚麼這一顆卑微的心
還隱約透出　割裂的痛楚

2013年6月

原載於《海星詩刊》第9期，收錄於《詩海星光》一書

月臺

從月臺開出的早班車
是青春射出的第一把箭
速度比時光還快
追尋著夢
鑲著鑽石的愛情

月臺是沒有圍繩的擂臺
喧囂的過客
把汗水叫成了一條波動的河
河上飄著載浮載沉的臉
歡樂的或哀愁的

哨子吹起
一批人上了擂臺
用力敲擊虛無的空氣
終於把空氣擊出一些掌聲

有人受了傷
從擂臺下來

到失物招領處
尋找已然生鏽的箭

　青春不是迴旋鏢
　月光開回自己的臺子
　夜露加濃的鄉愁
　不斷舔舐著遊子的傷口

而我是一條鮭魚
泅泳於人生的海洋
尋覓原鄉的月臺
那是一座永恆的月臺
河水曾經在這裏跟我吻別
在太陽馬車還沒有停歇
黃昏的列車正要進站的時候

2017年8月16日定稿
原載於《中華現代詩刊》第15期

守燈塔的人

造物主說
這裡要有光
於是就有了光
燈塔的光　寶塔的光……
爝火的光　紅寶石的光……
圓錐形的光　通天塔的光……
一切的光都盤旋時間之梯而上
通向永恆

完美是光的顏色
寂寞是光的聲音
時間是光的軌跡
守燈塔的人
看著游龍的來來去去
閃電的生生滅滅
嚮往美麗的超越……

燈在現代的風中搖槳
光在亙古之河裏流淌
守燈塔的人

不斷製造完美的寂寞
輝煌燦爛且蒼涼

時間未曾老去
燈塔仍然聳立
那守著燈塔的老人
把自身螺旋成一座星型的燈塔
輻射永恆之光的燈塔
引導迷航的舟子
避開庸俗的海岸
躲過擾人的暗礁
駛向波瀾壯闊的詩的海洋

2014年5月4日寫就，獻給羅門先生
原載於《海星詩刊》第13期

美麗的牧羊女

陽光穿透雲之殼
灑下一片金色之海
成波成浪的綿羊低著頭
啃食牧草的黃昏
把豐美的草原
煉成了甜蜜的乳汁

包著紅色頭巾的
美麗的牧羊女
搓打著毛線
編織著青春的夢
青春的夢通到天上的浮雲
浮雲是浪跡天涯的遊子

屋子升起了炊煙
等待牧羊女歸來
把乳汁和在麵粉上
塑成一尊愛神的像
送進黃昏的火爐
燒烤

達達的馬蹄聲
隱隱約約
從遠方教堂的鐘聲間隙
斷斷續續地傳來

（我的心
　也是飄泊的浮雲……）

2017年8月11日定稿
原載於《葡萄園詩刊》216期，選入《穿越雲朵的河流》一書

悲愴奏鳴曲──悼羅門

撥弄宇宙的最後一根弦
敲完第九交響樂的琴鍵
老琴師就起身
翩然而去
乘著天使的翅膀

天空早就還給鳥兒
推開的窗已釋放了所有禁錮的思緒
可　世間是大羅網
大淺灘　困住的天馬
不得不化為游龍
從光隙中飛去

咖啡廳內乳房不再排浪
伊甸園的男女不再裸行
文明的手關閉了大自然的門
守燈塔的老人也走了
水手駕著沒有羅盤沒有艙門的船

航向一片漆黑的
詩的海洋

當螺旋塔崩壞
當「永恆」靜止不動
百葉窗不再把太陽拉成一把梯子
當上帝的光
無法穿透愚昧的迷惘
停止哭泣的麥堅利堡的鬼魂
就無法攀登太陽的梯子而超昇
只能任由黑暗的海無聲的浪浮雕

為什麼悲愴的奏鳴曲
總是在春天響起
為什麼人群還沒有散
河流就背離水聲而去
為甚麼一甲子的琴聲
始終震不了俗人的耳膜
我只能望著張翼的游龍

往最豪華的寂寞飛去
——或許正要打開詩國的另一扇門呢

2017年1月22日凌晨寫就
原載於《兩岸詩》第3期

詩海星沉——悼念余光中

夕陽還沒有染紅海灣
一顆藍色的星子
就從杏壇的天空殞落
無端激起了
一些嘆息的風　口水的浪

　你的詩
　「希臘」了所有的天空
　你的手
　煉出了丹　從文字的風
　你的鄉愁
　瀰漫了整個神州
　你的身影
　瘦削了百年孤寂的深秋

蓮花池
不再有水仙的倒影
屋簷下
不再聽到風鈴的音聲

拜倫的墳前
烏鴉仍和麻雀吵個不休

　你的苦瓜成熟而甜美
　孳乳了詩壇的嬰兒
　你的風采靡倒了庸俗的草
　你的魂
　搭著郵票飛到另一頭
　你的生命已經被永恆引渡
　到金星安住

鄉土已經開出了文學之花
流浪的繆思暫時卸下了花環
福爾摩沙的子民啊
就讓魂飛天國的故土吧

2017年12月20日寫於余光中去世之頭七
原載於《兩岸詩》第4期

美麗與哀愁——向齊導致敬

當大鵬鳥凌天飛去
美麗的島嶼
就下起了哀愁的雨……

乘著亞熱帶的氣旋
雄鳥在天空飛翔
飛過礁岸　海水捲起了千層的浪
掠過丘陵　成群的牛羊奔向山岡
俯瞰平原　稻浪是流動的穀倉
（我的身子躺成了嘉南平原的蕃薯）

大砲轟過　鐵騎踏過　鮮血染過
軍刀發出森冷的光芒
殖民者殘酷的手
在島上留下無數的鞭痕
戒嚴者白皙的手
製造了多少黑色的冤魂
（我的鄉愁在乙未年的秋天發了芽）

汗水在農夫的臉上犁田
佈滿風霜的臉鏤刻堅忍的線條
蚵架是海峽的舢舨
划向海邊的鹽田
福爾摩沙的戰火燒出了風景的痛
（我的靈　隨著鳥鳴不斷昇華）

　當黑心的開發者斲傷了土地
　當邪惡的掌權者撕裂了族群
　當醜陋的房子遮住了地平線
　土石就不斷地咆哮
　人民不斷地哀嚎
　信心隨著洪水潰堤
（我的心　淌著刀子割過的血）

山谷依舊冒出火熱的礦煙
風力的槳　盪出未來的希望
鐵鳥追尋往日的航跡
綴連了山巒與海洋　平原與礁岩

綰合了千萬顆心與千萬個靈
（我的影子是奔馳大地的黑馬）

可是強勁的風
熱情的太陽
竟然支解了上蠟的翅膀
天使轟然殞落
在驚訝的眼瞳
在億萬個歎息聲中
（我的眼眸是雨水打濕的鏡頭）

美麗與哀愁是一對孿生姊妹
乘著同一氣旋坐著同一艘命運之舟
在海上飄搖　在風雨中前進
即使大鵬鳥不再飛回
將有另一隻浴火的鳳凰
飛向新高的山巔

2017年初稿，2019年定稿
原載《野薑花詩集》第29期

邂逅在蘇州

走出園林的蒼翠
走出柳浪的鶯啼
紅衣女子走到蓮池邊
凝視著波鏡
浮萍在藍天流浪

從虎丘走下來
從千年的古典走出來
吳娃在滄浪濯了纓
搖醒初夏　一池的睡蓮
從情人的眼波

掬一把漣漪
攬幾分靈氣
古典的韻味正演繹著
今夏的第一種風華

從江南走過的遊子
還等著寒山寺傳來的晚鐘

而繁華如煙
如紅衣吳娃的乍現……

2018年5月15日寫於蘇州
原載於《葡萄園詩刊》221期

輯九

歷史的傷痕 8 首

七月在燃燒

七月
流火的季節
仇恨在中東的走廊燃燒
政客的口水和兒童的嚎啕
無法澆熄　熊熊的戰火

七月
流火的季節
伊波拉在機場燃燒
從阿非利加一路燃燒到醫護之家
情慾的瘟疫也從夜的缺口偷渡
在燈火的助興之下點燃

七月
流火的季節
鳳凰花燃起了鄉愁
迷航的鐵鳥折翼於空中
失落的歸魂在原野上燃燒

七月
流火的季節
大都會的馬路　烽煙四起
受到壓抑的氣體
突破脆弱的防線
炸出了荒怠與無能
凱旋的路上　一番劫後餘生的景象
無辜的百姓在火中哀嚎　在火中煎熬……

七月
流火的季節
我的怒火在燃燒
從七月的頭一直燒到七月的尾

（今冬會有雪片飛來嗎？）

2014年8月2日

原載於《海星詩刊》第14期

漁夫之死

我的身體
早晚和潮汐連在一起
陰霾的日子也得出海
我已在狂風中學會忍耐
從巨浪裏學會謙卑
討海郎的心　總是比成年的鮪魚還沉

釣魚臺已被陽光封鎖
我無法循祖先的浪跡去釣魚
據說巴丹島的海盜比殺人鯨還猖獗
他們執行非法的「正義」
我還是駕著漂浮的島嶼
向溫暖的海域前進

沒有國界的海洋
是鮪魚的家鄉
也是殺人鯨巡弋的地方
鮪魚的命運在漁夫的手中
漁夫的命運　只有大海才知道

殺人鯨的尾鰭瘋狂搖擺
掀起巨大的浪花
如槍彈之雨
漂浮的島嶼受到重創
船艙流出的血　比夕陽還紅

我被私心和公海夾殺
受創的冤魂
漂回美麗而哀傷的島嶼
我　一個無辜的漁夫
死在熟悉而波詭的海面上……

2013年5月書寫
原載於《笠詩刊》第296期

歸來，自海上

黃昏在海上　灑下心靈的網
回憶　是網中不肯離去的影子……

潮水如刀
把海門剖成兩道
從這座門到那座門
需要多少時間
似乎只有海上飛翔的鸕鶿知道

這邊的門
早被陽光塗上金色
成熟高粱穎果的顏色
門上的炮痕累累是舊仇的烙印
西射天空的軌條砦像一艘艘的船
擱淺於潮汐與戰火的記憶之間

太陽落下的門邊
一直鼓著金色的浪
閃爍的黑影是一隻隻凶猛的水鴨

強登蒼鷺休息的灘頭
尖嘴收割著死亡
地雷是打開天堂之門的聲卡

風獅爺全身沾滿了風霜
老兵的臉上有歲月的彈痕
將軍不眠幽靈的腳步
踱息了海岸的騷動

龍舌蘭還是守著海邊
而高粱沁人的酒香
早隨著季節風飄散
澆溶了兩岸的堡壘
　　渡輪啊　是浮動的橋
　　連結著日落　和　日出
　　擺渡著鄉愁與希望……

浴火重生的老兵歸來　自海上
看著成群的新生代的鸕鶿

掠過黃昏的海洋
洋面上　逐漸起了霧……

2016年3月寫定
原載於《乾坤詩刊》第82期

病房手記

臥病的時候
偶爾也是看雲的日子

窗外　春與夏纏鬥著
院內　生與死僵持著

醫院是另一種形式的教堂
傳達天國的訊息

會客室的書櫃裡
應該有聖經或一些本行集經吧

（如果懺悔是得救必要的手段
　　那麼痛苦是解脫的必經過程嗎）

白雲的舒卷總是
趕不上病情的變化

來自雲端的白袍天使進進出出
臉上始終掛著一定的笑容

往生者的懸念比倖存者複雜嗎
鉛雲的心情比白雲沉重嗎

這些問題我都沒有答案
我只知道在草坪上看雲比在病床上舒坦多了

2017年4月25日寫於三總，4月30日定稿

原刊於《乾坤》詩刊第85期

登山客之死

攀登一峰又一峰
不是為了征服
而是以步伐測量
剎那與永恆的距離
以心跳捉摸大地的呼吸
讓我的雲裳
給黑山加添瑰麗的色彩

登上了峰頂
脆岩從腳底崩落
蒼狗嬉戲　環繞我的身軀
我張開雙手禮讚山神
影子墜入山巒的沉默
強勁的山風吹開我的衣裳
又吹上天　化成了晚霞
臥於最高峰上
我的身我的心烙下永恆的印記

隨著夕陽滑落山谷
凡俗的塵土掩沒我的光彩

冰雪即將覆蓋我殘缺的殉美
而蒼穹是不拆的帳篷
星子是帳篷裏不滅的燈
照耀著

一座座山峰
從我崩壞的身子
隆起再隆起……

2019年3月2日書寫
原載於《華文現代詩刊》第21期

橋

山　從兩邊走來
伸出友誼的手
在空中緊握
握成一道彩虹
一道故人絮語的新橋

風從此岸吹過去
帶走一些消息
雲從彼岸飄過來
帶來一些雨絲

光陰是無情的流水
淘洗了鉛華
蒼老了容顏
不老的是舊情
淘不盡的是思念

沉思於經得起風霜
耐不住坦克踐踏的浮橋上

我的心事投入
五千年波濤洶湧的海水

2018年3月定稿

原載於《乾坤詩刊》92期

巴黎的冬天開了花

花都開了花
　　在黑色的星期五
從憤怒的槍管
從黑色撒旦的母親
從千年不生鏽的仇恨

地獄的火花燒焦了狂歡
把劇場燎成了沙場
玫瑰花從彈孔迸出
紅磨坊的顏色
砲彈花爆開於喧嘩的酒吧
　　血水混雜著香水
從憂傷的瞳孔流淌到思想家的大道
「聖戰」之花取代**惡之華**
褻瀆了花都　雪白的胸脯

三色堇垂了頭
忍冬花捱不過今年的冬天
聖母哀悼了一百次

一個世紀的傷痛
鐘琴在冷風中哭泣
拉榭思墓園的鬼才竊竊私語
上帝有幾個　天堂在哪裡

貪婪與恐怖是孿生兄弟
革命衍生革命
舊仇繁殖新恨
狂飆掃過之後
沙塵蔽天
血太陽不再東升
沙漠之花隨之凋零
沒有哭泣　也沒有葬禮

2015年11月
原載於《乾坤詩刊》第78期

聖母院的悲愴交響曲

玫瑰窗映著寶藍的天空
閃著教會期許的榮光
聖母的子民　日夜的祈禱聲
穿過尖塔直達天堂
門廊下緩緩移動的人潮
走向遙遠的東方
雕廊裡有聖歌迴盪
聖座也是帝王的寶座
十字架在冠冕的上方
零點廣場上吉普賽女郎的歌舞
舞出巴黎的繁華與滄桑

耶路撒冷的戰火燎原
燎起了仇恨
燎起了熊熊的火光
鐵騎的蹄聲混淆了鐘聲
街壘擋住了朝聖之路
旌旗讓天色無光

178

革命者的幽魂
徘徊於公墓與聖堂
耶穌流淌的血
紅了葡萄酒
化作深度的憂傷

法蘭西島燃起的惡火
燒向黃昏的天空
玫瑰凋謝
守著尖塔的公雞
像浴火的鳳凰
化作一股青煙
飛向暮色的蒼茫
天使在哭泣
上帝也流淚
怪獸在哀嚎
塞納河的流水不斷地嗚咽

異邦的遊子
花都的過客
看著尖塔倒塌
看著怪火
吞噬八百年的榮華
心中有荊棘刺血的痛
惡火燒掉了一些美好的回憶
但是燒不掉我的期望
高盧的公雞
會再啼於高聳的尖塔上
玫瑰窗將再閃著天堂的榮光

一如明朝太陽會再現於東方
廣場的戀人會擁吻於夕日的金黃

2019年4月20日寫於巴黎聖母院大火五天之後
原載《野薑花詩刊》第33期

輯十

重返伊甸園 5 首

頭頂著伊甸園的夏娃

慾望是一塊磁鐵
頭頂著水果的少女
不由自主地往前走著
前方還有幾哩路
步履卻越來越輕

幸運兒不知道
陽光的利口已偷啃了園中的蘋果
輕薄的風先行吸吮了胸前的水蜜桃

更不知道
我早陽光和風一步
已經把最甜蜜的果實
釀成芬芳的醇汁
並且把絕美的種籽
播在我的瞳孔上

2013年12月
原載於《乾坤詩刊》70期

海女

據說
女人是水做的
每隔一段時間
都要回到原鄉朝聖
以淨化身心和靈魂

她們的心思
海豚最能瞭解
因為都是聰明而美麗的
動物　而且她們很喜歡海豚
常常悠閒地在水中一起游來游去

我知道海豚很快樂
就像濠水旁邊的惠施
知道魚很快樂一樣
因為我的兄弟—我的朋友
要我保守秘密：
他到了海邊　變成了一條魚

想著　想著
我的身子也長起了魚鱗
像癬一樣不斷地發癢

　　　　　　　2013年12月書寫，獻給張堃先生
　　　　　　　原載於《乾坤詩刊》70期

小綿羊與小女孩

小綿羊看到了
小女孩的手釋出的善意
身子靠了過來
小女孩看到了
小綿羊的眼流出的信任
笑得合不攏嘴

我看到了
小綿羊與小女孩
天性與純真的契合
正如我看到了
淺咖啡色的雲在藍絲絨裏
來回磨蹭
然後與地平線交疊在一起

在遠方
青青的草原上
一個春日的午後

巧詐還沒有隨著年歲
長出牙齒的時候

　　　　　　　　　2014年2月寫於清境農場
原載於《葡萄園詩刊》202期，轉載於《燕山詩報》第3期

重返青山瀑布

如果山脈的起伏是一種沉默的邀約
我願意做一個忠誠的履約者
如果山風水聲都是呼喚
我會先洗淨　我心靈的耳朵

流水其實不像時間那麼無情
澗邊開出了野花　岩石上綻出了浪花
淙淙地　匆匆地流入大海
又搭著天梯和雨車重回人間
一如重複聲調的梵唄

而山從樹上蘇醒
飛瀑從鳥聲中滑落
青色一直是山的鍾愛
飛白啊　不是墮落
而是虛幻著一種神秘的美學

那個在飛瀑下
體悟醍醐灌頂的僧人
早已失去了蹤影

一個新得道的人
正在水邊講經說法

飄泊在山間的雲
偶然聽到了一段經文
望著純真的華八仙
思索著
山的盟約和水的誓言

2016年4月
原載於《乾坤詩刊》第79期

楓丹白露森林的傳說

一匹脫韁的野馬
飛入森林
淌出的汗水
滴醒了午眠的森林
神奇的泉水也復活了

橡樹伸出了綠色的手臂
迎接閃著光的靈駒
古老的岩石回憶　從海底
爬上了地衣
楓葉灑下光之雨
漲滿了一林的池子

滑入池中
我是洄游自在的天鵝
洄出完美的曲線
游出古典的悠閒
光陰溜走
在曲線與悠閒之間

野馬終於跑出了黃昏
傳說　歸宿於林邊的宮殿
大概要等到白露結成霜
楓葉才會開始變紅吧

2015年6月

原載於《中華現代詩刊》第9期，略加修改

落羽松下的沉思

PG2591　秀詩人91

落羽松下的沉思

作　　者/胡爾泰
責任編輯/陳彥儒
圖文排版/阮郁甯
封面設計/劉肇昇

發 行 人/宋政坤
法律顧問/毛國樑　律師
出版發行/秀威資訊科技股份有限公司
　　　　114台北市內湖區瑞光路76巷65號1樓
　　　　電話：+886-2-2796-3638　傳真：+886-2-2796-1377
　　　　http://www.showwe.com.tw
劃撥帳號/19563868　戶名：秀威資訊科技股份有限公司
　　　　讀者服務信箱：service@showwe.com.tw
展售門市/國家書店（松江門市）
　　　　104台北市中山區松江路209號1樓
　　　　電話：+886-2-2518-0207　傳真：+886-2-2518-0778
網路訂購/秀威網路書店：https://store.showwe.tw
　　　　國家網路書店：https://www.govbooks.com.tw

2021年10月　BOD一版
定價：280元
版權所有　翻印必究
本書如有缺頁、破損或裝訂錯誤，請寄回更換

讀者回函卡

國家圖書館出版品預行編目

落羽松下的沉思/胡爾泰著. -- 一版. -- 臺北市
　：秀威資訊科技股份有限公司, 2021.10
　　面；　公分. -- (秀詩人 ; 91)
　BOD版
　ISBN 978-986-326-965-6(平裝)

863.51　　　　　　　　　　　110014085